KB120803

세월을 팝니다

시작시인선 0438 세월을 팝니다

1판 1쇄 펴낸날 2022년 10월 1일
지은이 정연용
펴낸이 이재무
기획위원 김춘식, 유성호, 이형권, 임지연, 홍용희
책임편집 박찬세
편집디자인 민성돈
펴낸곳 (주)천년의시작
등록번호 제301-2012-033호
등록일자 2006년 1월 10일
주소 (03132) 서울시 종로구 삼일대로32길 36 운현신화타워 502호
전화 02-723-8668
팩스 02-723-8630
블로그 blog.naver.com/poemsijak
이메일 poemsijak@hanmail.net

ⓒ정연용, 2022, printed in Seoul, Korea

ISBN 978-89-6021-657-0 04810
        978-89-6021-069-1 04810(세트)

값 10,000원

세월을 팝니다

정연용

천년의시작

시인의 말

인생이 긴지 짧은지 모르고 살아왔다.
팔십 고개를 바라보니 그간 덧없이 산 것 같다.
살아오면서 느낀 것을 시라는 이름으로 써 보려고 하는
데 쉽지 않다.
부질없이 살아온 한 인생의 넋두리라 생각하고
바닷가 많은 조약돌 중엔 못생긴 조약돌도 있는 것처럼
보잘것없는 글 따스한 눈길로 한번 봐 주었으면!

차 례

시인의 말

제2부

제1부

감꽃

화려한 장미꽃 피는 오월
화려하지도 향기도 없는
노란 감꽃도 핀다

족두리 같기도 하고
왕관 같은 감꽃

실로 꿰어 목걸이 하면
황금 목걸이 부럽지 않던 어린 시절

추억은 저만치서 쳐다보는데
감나무같이 묵어 가는 인생
그늘에 앉아 떨어지는 감꽃만 쳐다본다

개소리

개가 개 노릇을 하던 시절
주인을 위해 진짜 몸 바쳐 개 노릇을 했다.

개 소리가 개 소리로 들리던 시절
낯선 이 수상한 이 보고 짖던 소리

개 소리 사람 소리를 구별 못 하는 시절
달밤에 개가 짖고 낮에는 여의도에서 짖고

개가 사람하고 같은 시절
개가 반려자라며 함께 먹고 자고

개가 사람보다 대우받는 세상
개판이다

건망증

업은 아기 삼 년 찾는다고
전화기를 손에 들고 찾는다

돌아갈 수 없는 옛 추억은 생생한데
어제 한 약속 잊어버려 낭패를 본다

지워 버리려면 말끔히 지워져야지
후회되는 일 기억에 남아 밤잠 설친다

남은 것보다 잊혀지는 것이 많은 기억
내가 누군지는 전에도 지금도 모르겠다

게걸음

게가 모두 옆걸음만 가는 것이 아니라
앞걸음 가는 놈도 있다.
옆으로 기어가는 놈이
앞으로 기어가는 놈이 이상하다고 한다.
앞으로 가든 옆으로 가든 기어간다.
게는 게걸음으로 살아간다.

고향 친구

내 친구는 고향 마을 둥구나무
아무 때나 그냥 쉴 수 있는
스쳐 지나가도 말이 없고
오지 않아도 불평 없는
왔느냐고 반겨 주지 않아도 그냥 편안한
말없이 그늘 내주어 쉬어 가라는
그늘 넓은 오래된 둥구나무

계룡산 구경

멀리 계룡산이 보이쥬
한 번도 못 가 보셨쥬
먹거리 구하러 높고 낮은 산 올랐어도
놀러 산에 간 적 없지유
더군다나 이름난 계룡산
집에서 멀지도 않은디
오르기 어려워 못 간 것도 아니쥬
이름난 산인지 몰라서도 아니쥬
먹고살기 어려워 못 가셨쥬

늦게라도 모시고 갔어야 하는디
생각했을 땐 늦었더라고유
엄니가 중풍으로 걷지 못하니
지금 생각하면 핑계여유
미련한 놈이 돌아가신 뒤
눈만 뜨면 계룡산이 보이는 곳에
부모님 유택을 만들고선
지가 좋아 명당이라 했구먼유
죄송해유
저는 서서 계룡산 바라보고

부모님은 누워서 바라보시고
저도 다리에 힘이 빠져 서 있기 어려워
부모님과 누워서 멀리 계룡산 구경할 날
멀지 않은 것 같구먼유

공덕비

호랑이는 죽어서 가죽을 남기고
사람은 죽어서 이름을 남긴다고
지워지지 않는 돌에다 이름 새기고
살아서 자신의 이름 남기려 하지 마오
죽은 뒤 남은 사람들이 세워야 구설수가 적다오
살아서 세운 공덕비 세월이 흘러 냇가에 빨래판 된다오

그거나 그거나

상다리가 부러져라 차려 먹은 날이나
개다리소반에 찬밥 물 말아 먹은 날이나
아침에 똥 싸면 구린내는 같더라

고대광실 목에 힘주고 살은 놈이나
초가삼간 흙 파먹고 살은 놈이나
죽어서 화장터 연기는 구분 없더라

그리움

그땐 몰랐다
여름에는 겨울이 그립고
겨울엔 여름이 그립듯

헤어지니 그립고
그리우니 보고 싶고
보고 싶으니 만나고 싶다

언제고 만날 수 있는 그리움은 사치
영원히 만날 수 없는 그리움은 아픔

극락

슬픔보다
기쁨이 많고
눈물보다
웃음이 많으면
어느 곳이든
극락이다

금

청**금**은 꿈을 이루게 하고
소**금**은 건강을 지켜 주지만
지**금** 이 순간이 없으면 말짱 헛거다

금수저

금수저를 물고 태어나든
흙수저를 물고 태어나든
밥을 떠서 입에 넣는 것은
자신이 해야 한다

금수저 들고 태어났다고
금 퍼먹는 것 아니고
흙수저 들고 태어났다고
흙 퍼먹는 것 아니듯

금수저가 흙수저 되고
흙수저가 금수저 되는 세상
무엇을 먹느냐는
자신의 노력에 달려 있다

금식

물 한 모금 믹지 못하고
타들어 가는 입으로 버텨 온 3일
금식이라는 조그마한 팻말이 사람 잡는다
내 앞의 같은 환자복을 입은 사람
냉장고에서 시원한 물 따라 마신다
그렇게 부러울 수가 없다
물 한잔 마음대로 먹을 수 있는 행복 잊고 살았다

끝없이

인생길 가다가
걷지 못하면 끝이라고
못 걸으면 기어가는데
기어도 못 가면 누워야지
누워 창밖을 봐도 세월이 가네

숨 쉬면 끝이 아니라고
흙 속에 묻혀야 끝이라고
흙 속에 묻혀도
이름이 살아남아 휘젓고 다니니
언제 가야 아주 죽나

김장하는 날

속 차고 좋은 다듬은 배추
옷 벗은 젊은 여인의 몸매
한 광주리 이고서 자식 놈 학비 보태 보려
공주장 참새 걸음으로 달린다

재수 좋게 한 방에 팔리면 좋으련만
잘 입은 여인네 눈여겨봐도
찬바람만 날리며 지나가고
해거름에 겨우 빈 광주리 옆에 끼고
초저녁 어스름 달빛으로 집에 들어와
주린 배 꼬부라진 허리
등잔불 밑에서 찬물에 밥 말아
허기진 배 채운다

남들은 좋은 날 김장했는데
팔고 남은 허드레 배추로
언 손 호호 불어 가며
절인 배추 찬물에 헹구어
밤새껏 준비한 양념으로
매운 손 참아 가며

눈발 날리는 날 담그는 김장
눈 맞으면 김장이 맛있다면서
언 손 호호 불며 웃음으로 김장하는 날
우리 엄니 김장하던 날

나는 부자다

하늘에 떠 있는 해와 달
넓은 바다 시원한 바람
큰 것 많은 것은
임자가 없다 내 것이다

소리 없이 쌓이는 눈
가뭄에 내리는 비
고운 무지개
내 것이다

여름밤 소쩍새 소리
겨울밤 부엉이 울음
봄날 나르는 꽃 나비
모두 내 것이니
나는 부자다

욕심내어 움켜쥐지 않으면
많은 것이 내 것이다
행복한 부자로 웃으며 산다.

나뭇잎 하나

커다란 나무에 수많은 잎새
그중 하나 되어 한 시절 지내다가
낙엽 되어 바람에 멀리 날아가지 않고
다음에 피어나는 잎새들에
밑거름이 될 수 있다면
한 시절 잘 살았지 뭐

남은 세월

백 년을 산다 해도
살은 날보다 남은 날이 적은 나이
적으면 귀한 법
적게 남은 세월 아껴야지
귀하게 써야 하는데
얼마 남았나 알 수 있어야지
모르는 것도 약이라 하지만
얼마 남지 않은 것은 분명하니
아껴서 귀하게 써야지

낮달맞이꽃

밤하늘 반짝이는 별을 보며
웃고 뜨는 달을 보며
행복한 밤을 보낸 달맞이꽃

밤샌 졸음에 꼬박꼬박 졸다가
얼굴빛 하얀 외로운 낮달 보고는
그를 위해 낮달맞이꽃이 되었다

내 것

아침에 뜨는 해
저녁 하늘 둥근달
하늘에 수많은 별
시원한 바람
멀리 보이는 푸른 산
흘러가는 구름
흐르는 시냇물
산에 올라 눈에 보이는 넓은 땅
세상에 많은 것들
내 손에 쥐어 담으려 하지 않으면
모두 내 것이다

내 것은 없다

세상 살면서
내 것은 하나도 없다
모든 것 빌려 쓰고
세상 떠날 때 놓고 가야 한다
몸뚱이도 놓고 가야 한다

너도 그렇지

아들아
네 자식 말 안 들으면 속상하지
나도 그래
내가 우리 아버지 말 안 들을 때
우리 아버지도 속상했을 거야
부모에게 불효하는 쓸데없는 대물림
없애지는 못할 테고 줄여나 보자

제2부

돈세탁

돈이 깨끗하고 더러운 것이 있겠느냐마는
남을 속이고 치사하게 번 돈은 더러운 돈
정직하게 땀 흘려 번 돈은 깨끗한 돈
더럽게 번 돈이라도 남을 위해 쓰면 좋은 돈
깨끗한 돈이라도 나쁜 일에 쓰면 나쁜 돈
더럽게 번 돈 소문날까 돈세탁한다.

아내가 가끔 지갑을 세탁기에 돌려 빨았다
그 안에 들었던 돈이 깨끗해졌다
혹시 더럽게 번 돈이라고 생각했나

돈의 가치

돈은 쓸 만큼 벌어야 하고
돈은 써야 가치가 있다

쌓아 놓은 돈은 종이 뭉치
다 쓰지도 못하는 돈 쌓아 놓으려
영혼을 팔고 죄를 짓고

먹지 않고 남은 음식은 썩어 냄새나듯
돈도 쓰지 않고 쌓아 놓으면 재앙이 된다

돌고 돌아 돈

돈으로 안 되는 일 없다지만
돈다발 꼭 쥐고 온종일 있어도
누가 물 한 모금 주지 않는다
돈은 내 손에서 남의 손으로 넘어갈 때 가치가 있다

동행

내가 태어나는 날
세월도 같이 태어나 내 등에 붙어
죽는 날까지 같이 갈 세월
젊어선 등짝에 붙은 세월 잊었다가
나이 들어 돌아봐도 볼 수 없고
자꾸 뒤돌아보면 등에 붙은 세월이 앞서가니
빠르다 더디다 투덜대지 말고
세월과 이별할 때까지 동행하는 거다

두 마음

누구나 양심兩心은 있다
어질고 착한 마음
모질고 악한 마음
우리 가슴속에 함께 살아간다
양심良心이 큰 소리 치는 좋은 세상
악심惡心이 설쳐 대는 나쁜 세상

무엇을 없애고 간직 할 것인가는 알지만
쉽게 되지 않는 두 마음

따라가면

나비 따라가면 꽃밭
물 따라가면 바다
친구 따라가면 즐거움
부모님 따라가면 사랑
돈 따라가면 후회
세월 따라가면 백발

떨어져

하늘에 떠가는 구름
무거워지면 비가 되어 떨어진다
가볍게 날고 싶으면
멀리 날고 싶으면
너무 가지려 하지 마
무거우면 너도 떨어져

마음

몸뚱이는 낡아 삐걱거리는데
몸뚱이 안에 담긴 마음
자주 고장 나는 몸뚱이 원망하다

병원 자주 가는 몸뚱이 안 따라가려 해도
요양원 갈 때는 어쩔 수 없이 따라나선다

마음먹기

내가 내 손목 꺾기는 마음먹기 달렸으니
누구든 할 일 없고 심심하면 한번 꺾어 보시라
인명은 재천이라 하지만
죽고 사는 것 마음먹기 달렸다
슬픈 날엔 새가 울고 기쁜 날엔 새가 노래하고
세상사 일체유심조一切唯心造가 아니던가

막고 살면

귀가 안 들리면 귀머거리
귀를 막고 살면 군자

눈이 안 보이면 소경
눈을 감고 살면 도사

말을 못 하면 벙어리
입을 막고 살면 부처

말꼬리

말꼬리 잡지 마
말꼬리 잡았다가
뒷발로 차여
중상 아니면 사망

말꼬리 잡지 마
말꼬리 잡았다가
멱살 잡히고
귀싸대기 맞아

명절 증후군

힘드셨죠

자식 육 남매

먹이고 입히고

처마 밑 제비 새끼처럼

부지런히 먹여도 배고프다 입 벌리는 자식들

가는 참새 다리로 보릿고개 넘으신 어머니

뿌려 놓은 씨앗 결실도 못 보고

보릿고개 넘어 저승길 떠나신 어머니

듣지도 못한 명절 증후군이 유행어가 된 요즘

몸은 부서져도 자식들 먹이고 입힐 것 있으면 행복해하며

음식 만들 재료만 있으면 밤새워 음식을 만들던 어머니

자꾸 어머니가 생각납니다

몰랐어요

절대자 조물주를 본 적 있나요
아뇨 말만 들었어요
그분한테 은혜를 입은 적은요
아뇨 입은 사람은 있다 들었소
그럼 지금까지 당신에게 사랑을
가장 많이 준 사람은 누군가요
부모님
은혜를 갚았나요
아뇨 돌아가신 뒤 알았으니까
후회는 없나요
묻는 당신은 어떻소

문 닫고

시끄러운 세상 시끄러운 소리
문 처닫고 살려 하니
혹시나 저녁나절 다정한 친구
술 한잔하자 부르는 소리 듣지 못할까
닫지도 열지도 못하고
삐끗이 열어 놓고 삽니다.

?(물음)

나는 어디서 왔나
어떻게 살아야 하나
답을 찾아 허둥대며 살다 보니
답은 찾지 못하고
죽으면 어디로 가나
물음이 하나 더 늘었다.

믿는 말

죽은 사람의 말은 믿어도
산 사람의 말은 믿지 못함은
산 사람은 때에 따라 말을 바꾸기 때문이다

밀랍 인형

누구와 똑 닮았다
살아 있는 것 같다
그가 죽었을 때
어떤 이는 슬피 울었고
어떤 이는 잘 죽었다고 했다

죽지 않는 밀랍 인형
세월이 얼마나 더 흘러야
보는 이의 마음이 같아질까
죽지 않고 사는 세월 얼마나 지루할까

발자국

눈 내린 하얀 길
꼭꼭 찍힌 아내의 발자국
새벽을 깨우며 일터로 갔다
돌아올 땐 사라진 발자국
그렇게 하루가 갔다

밤 따러 가세

여기가 어디 밤골 공주
무엇 하러 왔나 밤 따러
망태 들고 창대 들고
밤 따러 가세 밤 따러 가세

혼자 가면 외톨이 밤
둘이 가면 쌍둥이 밤
친구랑 가면 삼 형제 밤
밤 따러 가세 밤 따러 가세

생밤 깎아 오독오독
군밤 호호 부모 입에
공주 땅에 효자로다
밤 따러 가세 밤 따러 가세

배웠으면

왜 배우지
모르니까
알았으면
깨달아야지
깨달았으면
실천해야지
실천하지 못할 거면
배우지 말아야지
알면서 실천 못 하면
돼지 목에 금목걸이

백수끼리 전화

친구한테 걸려 온 전화
요즘 뭘 하고 지내나

하루는 놀고 하루는 쉬고
그리 어렵게 어떻게 사나

베틀 소리

긴긴 겨울밤 물레 소리
잔설 위로 스치는 바람 소리
배고픈 긴긴 봄날
멈출 줄 모르는 어머니의 베틀 소리
간간 들리는 뻐꾸기의 반주
우리 엄니 베틀에 앉아 주린 뱃속 꼬부라지는 허리
부대*로 졸라매고
벌려진 날실 사이 꾸리 담은 북은
거미 똥구멍에서 거미줄 나오듯 씨실 내보내며
바디질 소리 맞춰 날실 사이를 오락가락
긴긴 해도 도투마리** 넘어가듯 서산 넘어갈 때
바가지 들고 저녁 지을 보리쌀 푸러 가면
베틀 소리 그친다

* 부대: 베 짤 때 허리에 매는 띠 모양으로 씨실을 팽팽하게 해 준다.
** 도투마리: 베 짜는 날실을 감는 기구.

제3부

병실의 인연

벽에 걸린 시계가 환자처럼 느리게 가는 그곳
서로 입원하게 된 사연 나누다가
젊었을 때 살아온 사연
입에 침이 마르게 자랑
병원에 오기 전까지만 해도
쌀 한 가마니는 번쩍번쩍 들었다며
휠체어 타고 앉아 입은 청산유수다

건강이 중요한 그것을 알게 해 주는 곳
서로 빨리 헤어지기를 빌어 주는 곳
퇴원할 때 다시 만납시다. 인사가 어색한 곳
우연히 강변 찻집에서 만나
웃으며 차 한 잔 마시고 싶은 인연

병실의 장미

혹시 아픈 사람 찔릴까
가시 하나하나 떼어 내고
아름다움과 향기를 간직한 채
병실마다 보살핌과 웃음 전하는
시들지 않고 가시 없는 장미
간호사라는 이름의 장미꽃

보이지 않는 것

눈에 보이는 것이 다가 아니다
보이지 않는 것이 보이는 것보다 많다
보이지 않는 것이 더 힘들게 한다
보기 싫은 것은 눈 감으면 되지만
보이지 않는 것은 눈 감으면 더 잘 보인다

불이야

뜨징이밭* 일하러 간 사이
초가삼간에 불났다
먼저 본 사람 소리친다
불이야 불이야
작은 산골 마을 쩌렁쩌렁 울린다
방에 있던 사람 소리 듣고
밖에 있던 사람 연기 보고
하던 일 내던지고
불난 집에 불이 나게 달려간다
이리 뛰고 저리 뛰고
늦게 달려온 집주인 오금이 저려
주저앉아 멀뚱멀뚱 쳐다만 본다
조금만 늦었어도 큰일 날 뻔했다며
검정 묻은 얼굴로 찌그러지게 웃는다
비단옷 입고 기와집에 사는 구두쇠 영감
팔짱 끼고 서서 세상에서 제일 재밌다는 불구경했다
동네 사람 눈 흘기며
네놈 집 불나면 꺼 주나 봐라

* 뜨징이밭: 산을 개간하여 새로 만든 밭 공주 지방 사투리(사전에 없음).

불효자의 후회

잘살고 못살고를
효자는 자신의 탓으로 여기고

불효자는 부모 탓이라 생각하며
부모를 탓하고 원망하다
자신이 부모가 되었을 때 후회한다

빠른 세월

눈을 감았다 뜨니
하루가 가고
깜박 졸고 나니
일 년이 가고
동짓달 긴긴밤 꿈에서 깨니
한평생 다 가 버렸네

뻐꾸기 울음

뻐꾸기가 운다
알 낳고 품어 기를 집이 없다
새끼 포근히 품어 본 적 없다
새끼 입에다 먹이 한 번 넣은 적 없다
자연의 이치라지만 서럽다
집 없는 서러움 소리 내어 울어 본다
장미꽃 향기 진한 날 더욱 구슬프다
전셋집 창가에서 뻐꾸기 울음 듣는다

사람다운 사람

곁에 있는 사람 보살피고
멀리 있는 사람 그리워하고
헤어지면 보고 싶어 하며
사람을 꽃처럼 아름답다 생각하며
돈보다 사람을 귀하게 여기는 사람

사람의 가치

사람 몸속에 있는 것 밖으로 나오면
모두 혐오스러운 것들이다
머릿속에 들어 있는 보이지 않는 생각조차
밖으로 나와 남에게 피해를 준다면
사람이 정육점에 걸려 있는 고깃덩이만도 못하다.

산을 찾아

젊은 날
높은 산 험한 산
나무도 숲도 못 보고
오로지 정복하는 일념으로
정상을 오르고 올랐다

나이 드니
낮은 산 순한 산 찾아
나무도 보고 꽃도 보며
시원한 물에 발도 담그니
이제야 산이 보인다

살아 봤냐구

아침이다

맑은 날 아침은 상쾌하다

손녀 둘이 새 학년 개학 날이다

방학 동안 게으름 피우다가

일찍 일어나니 힘들어한다

할아버지 학교에 다녀오겠습니다

두 손 벌리면 가슴에 안긴다

엉덩이 토닥여 줄 때의 행복감

자식하고 함께 살면 불편하다고

살아 봤냐구

불편함보다 행복함이 크면 됐지

개와 고양이하고 살면 행복하고

자식하고 살면 불편하다고

둘이 살면 입이 찢어지게 웃으며 사남

새해 아침

아침에 떠오르는 해
어제와 같았다

부엌에 떠오르는 아내 얼굴
어제보다 늘어 보인다

다른 날보다 웃음소리가 많으면
기쁜 새해 아침이다

생좌불生坐佛

입신양명하자니 바람을 타고
숙이고 살자니 얕잡아 보고
이리 굽어지고 저리 굽어지고
고개 쳐들지 못한 소나무
그냥저냥 살아온 세월
날 보고 나이를 묻지 마오
잊고 산 지 오래라오
끝내 알고 싶으면 잎이나 세어 보든지
물소리 염불 소리 풍경 소리 들으며
마곡사 절 마당에서 한평생
부처님 수행 마치고 무릎 펴고 일어서는 날
손잡아 주면 부처님 따라 세상 구경해 볼래요

섣달 그믐날 1

내일이 설날인데
해가 기울어도
올 사람이 안 온다
자꾸 문밖으로 눈이 간다

객지에 사는 동생 둘이
겅충겅충 걸어와야 하는데
죽은 지 수삼 년 되었는데
명절날이면 자꾸 기다려진다

섣달 그믐날 2

낙엽이 뒹굴던 앞마당
들어서는 자동차
한쪽만 열렸던 대문 활짝 열리고
사랑채 아궁이에 불 들어가면
무쇠솥에 펄펄 끓는 뜨거운 물
지팡이 짚고 병원 다니던 할매
광문 자물쇠 풀어놓고
마른 음식거리 젖은 음식거리 들락날락
기침 소리만 새 나오던 찢어진 문구멍
귀에 익은 웃음소리 귀 설은 웃음소리 솔솔
이방 저방 환한 불빛
매일이 오늘만 같아라

세월을 묶어 놓고

세월을 쇠줄로 묶어
아름드리 나무에 매어 놓고
안심하고 세상 나들이

지친 몸 돌아와 세월을 찾아보니
묶었던 쇠줄 녹슬어 끊어지고
나무는 썩어 넘어졌다

사라진 세월 어디 갔나 찾아보니
숨어서 날 따라 다니던 검은 그림자
네가 내 세월이었구나

세월을 팝니다

내게 주어진 세월
많은지 적은지도 모르고
얼마 남았는지도 모르지만

할 일 없이 길고 긴 세월 너무 많은 것 같아
조금 잘라서 팔려고 하니
살 사람 연락 바랍니다

내 세월도 지겨운데
남의 세월 누가 살까 싶은데
졸부들 사겠다고 줄 서지 않을까

정말로 세월을 팔고 사면
가난뱅이 몇 년 살고
부자는 몇 년 살까

돌고 도는 세월은 공평한데
살아가는 것이 천차만별

세월의 속도

행복하면 세월이 빨리 가고
힘들고 어려우면 더디 가는 세월
세월 빨리 간다 조바심 마라
세월은 항시 같은 속도로 가는데
우리네 인생이 더디니 빠르니 한다

손톱

어머니가 한가하게 앉아
손톱 깎는 그것을 본 적이 없다
가끔 본 어머니 손톱
손톱 밑에 흙이 끼어 있고
풀물이 들어 있었다

긴 손톱은 부의 상징이라는데
항시 짧은 어머니 손톱
젊었을 적에는 달빛 아래서
봉숭아 물들이던 어머니
어머니 손톱은 풀 매는 호미
자식 밭을 매는 호미였다

수전노

돈은 쓰려고 버는 것이 아니고
쌓아 놓으려고 버는
빌딩 사 놓고 휴지 줍는 사람
돈 버는 데는 제갈공명
돈을 쓸 때는
말은 풍년 손은 조막손
통장은 부자 주머니는 가난
이름만 부자인 수전노

실천

염불이나 성경책을 아무리 많이 읽어도
실천하지 않으면 아무 소용없고
좋은 글을 써서 책을 많이 내도
따뜻한 가슴으로 서로 사랑하며
이웃과 더불어 살지 않으면
모두가 헛일이고 자기기만이다

아닌 척 그런 척

배고파도 부른 척
흰머리도 검은 척
못났어도 잘난 척
늙었어도 젊은 척
모르면서 아는 척
거짓도 진실인 척
좋으면서 싫은 척
없어도 있는 척
있어도 없는 척
하고도 안 한 척
보고도 못 본 척
척하지 말고 있는 대로

제4부

안부 전화

오랜만에 친구로부터 걸려온 전화

요즘 어떻게 지내나
숨 쉬며 지내네
누구는 숨 안 쉬고 사나
그럼 됐지 뭐

뭘 하며 지내나
하루는 놀고 하루는 쉬고
그렇게 힘들 게 어떻게 사나

건강은 어떤가
마음은 청춘인데 몸은 폐기 처분 되어 가
내 발로 걸어 보수하러 다닌다네

자주 만나세
자주는 말고 죽기 전에 한번 만나세

어두일미

오랜만에 풍기는 비린내
제사상에 올랐던 조기 한 마리
몸통은 제사 지낸 조상님 자식이 먹고
밤에도 말똥말똥 눈 뜬 조깃대가리
이 없는 늙은 맏며느리 차지

간이 밴 비린 맛 오랜만이라
몸통 없는 대가리 쪽쪽 빠는데
마주 앉은 고양이 입맛 다시며
버려지는 뼈다귀에 눈길 간다
누구는 가운데 토막 먹으면 입이 덧니니
먹을 것 없는 대가리 어두일미란다

어른 말씀

세숫대야 가득 물 받아 쓰는 나를 보고
'살아서 네가 쓰고 버린 물 죽어 저세상 가서
그 물 다 마셔야 한단다'
쓰고 버린 더러운 물 다 마실 생각에
할아버지 된 지금도 할머니 말씀 생각나
세수할 때 목욕 할 때
수도꼭지 잠갔다 열었다

어머니 눈물방울

체온은 40도를 향해 오르는데
몸은 사시나무 떨듯
혈압은 60, 40으로 떨어지고
오늘 저녁이 고비라는 의사의 가라앉은 목소리

네다섯 개의 수액 주사는 하얀 줄을 타고
사경을 헤매는 몸속으로 스며든다
똑똑 떨어지는 수액은 어머니의 눈물방울
밤새도록 흘린 어머니의 눈물이
꺼져 가는 자식의 목숨 줄 붙잡아 주었다

어부의 한마디

욕심대로 고기가 잡히는 것이 아니라
바다가 주는 대로 잡는 겨
오늘 못 잡으면 내일
내일 못 잡으면 모레
세상사 욕심낸다고 되간디

바다는 넓고
그리고 해는 매일 뜨잖어

오래 살면

백 세 시대라고 좋아들 하지만
다들 그렇게 사는 것도 아니고
오래 산다고 좋은 것도 아니다
오래 살면 험한 꼴 보기 쉽다
자식 앞서 보내고
주름진 얼굴에 눈물 흐르고
울고 웃던 친구 이웃들
저녁연기처럼 사라지고
모르는 사람만 늘어나니 외롭고
자식들 오래 살라 하지만
개보다 천대받기 십상이고
오래 살아 봐야 할 일도 없고
하늘에 별똥별 떨어지듯
보는 이들 많을 때 떨어졌으면

외로움

바람과 햇빛만 놀다 가는 집
누가 문 두드리는 소리 같아
늙은 몸 세워 밖을 보니
대추나무에서 딱따구리 날아가고
마당에 놀던 닭들 모여 든다

외박

초승달 말코지에 옷 벗어 걸어 놓고
사랑하는 님과 꽃구름 덮고
긴 밤 짧게 보내다가
벗어 놓은 옷 거둬 입고
새벽안개 속 숨어 오는데
졸고 있던 샛별 눈에 띄어
부끄럼이 동녘 하늘 아침노을

욕심 1

하루하루 건강하게
웃으며 사는 것도 행복이고
고장 난 몸 혼자 걸어서
병원에 가는 것도
행복이라 생각하며 살다가도
남들이 성공하여 우뚝 서는 걸 보면
욕심 없이 살려 하다가도
작아진 내가 초라하게 보이며
슬그머니 고개 쳐드는 욕심

욕심 2

태산이 높다 하나
오르고 또 오르면 정상인데
쌓아도 쌓아도 끝없는 욕심
태산보다 높다

운명

네 운명을
신이 쥐고 있다고 착각하지 마

네 운명은
네 손안에 있으니 누굴 원망 마

유모차

젖 없는 유모가 밀고 가는
아기 없는 빈 유모차
유모차에서 칭얼대던 아기는
둥지 떠나 새처럼 날아갔는데
빈 둥지 밀고 가는 등 굽은 유모
발걸음이 무겁다.

유아원 앞마당에 줄 서야 할 유모차
경로당 앞에 줄 서서 하루해가 기운다.

이러지도 저러지도

보면 속 터지고
안 보면 궁금하고

문 열면 춥고
닫으면 답답하고

찾아온 손님 부담 가고
떠나가면 서운하고

부모 살아생전 불효하고
돌아가신 뒤 후회하고

먹자니 배부르고
남 주자니 아깝고

살자니 고생이고
죽자니 청춘이고

이산가족

헤어진 세월이 짧아
그리움이 적은가요
팔이 짧아
손을 잡지 못했나요
길이 멀어 만나지 못했나요
가슴이 말라 안아 주지 못했나요

그러다가 그러다가
헤어진 세월 반백 년 넘어
그리워서 그리워서
죽지 못해 기다린 세월
기다림에 지치고
흐르는 세월 이기지 못하고
죽어서 하얀 나비가 되어
분꽃 피는 고향
저녁나절이나 가려나

이율배반

마당가 아름드리 은행나무
그늘에 들마루 놓고
부채질하며 수박 먹고
낮잠 자던 시원한 그늘

된서리에 노란 은행잎 바람에 구르니
지저분하다며 빗자루 들고 두런거린다.

이팝꽃

찔레꽃 아카시아꽃 피는
보릿고개 막바지
보리밥이라도 배불리 먹으려면
봄날의 해는 너무나 길고
비어 있는 뱃속은 항시 응얼거리며
보이는 것은 모두 먹을거리로
오죽했으면 하얀 이팝꽃이
제삿날이나 먹어 보던 하얀 이밥으로 보였을까
이팝꽃 떨어지면 얼마나 더 배고팠을까

인간의 욕심

개미와 꿀벌이 열심히 일해 쌓아 놓는다
먹을 것 없는 겨울에 굶어 죽지 않으려고
가난한 사람이 열심히 일한다
굶어 죽지 않으려고
부자가 돈을 쌓아 올린다
다 쓰지도 못하고 가져가지도 못하면서
남과 높이를 경쟁하려고
높이 쌓다가 무너져 죽어도
그래도 높이 쌓으려 한다
인간만이 욕심이 있고
그로 인해 죄짓고 멸망하는 줄 알면서

인생살이

올 때도 내 뜻대로
온 것이 아닌데

살 때도 내 뜻대로
되는 일 없이 살았는데

갈 때도 내 뜻대로
못 가는 인생살이

인형

늙어도 아프지 않고
병원 가지 않는 사람
죽지 않고 오래 살며
가슴도 메말라 가는
인형 되어 가는 사람
병들어 아프다가
늙어 죽는 것이 사람이다

자격시험

초등학교에서 학급 반장을 선출해도
소견 발표를 하고 투표를 하며
시골에서 동네 이장을 뽑아도
사람됨을 보고 뽑는데
가장 중요한 부모가 될 때는
아무런 거름 장치가 없다
저희끼리 좋으면 부모가 된다
저희끼리 싫으면 자식은 미아
사람을 만들고 키우는데 아무런 자격시험이 없다니
동물을 키우고 가르치는 데도 자격증이 있는데
부모 되는 자격시험이 없으니
돌팔이 부모들이 자식을 애완견쯤 생각하고
더불어 살며 바르게 사는 것을 가르치지 않으니
꼭 부모 되는 자격시험이 필요하다

작은 욕심

손에 쥐고 쓸 만큼의 돈이 있고
혼자 걸어서 병원에 갈 수 있고
옆에서 날 보고 웃어 줄 사람
한 명이라도 있을 때까지만 살았으면

잠간

눈 감고 왔다가
눈 뜨고 두리번거리다가
눈 감고 온 곳으로 간다

제5부

장마

2020년 52일간 역대 최장기 장마
곳곳마다 폭우를 퍼부어
살던 집이 흔적도 없이 사라지고
늙은 농부의 목숨 줄 논밭 잡아 가고
소가 떠내려가다 지붕 위에서 목숨 건지고
물과 불은 원수도 못 갚는다지만
불은 타고 남은 잿더미라도 남는데
물은 흔적도 없이 쓸어 간다

하늘이 구멍 뚫려 쏟아붓는 빗물에
세상 더럽히는 못된 인간도 쓸어 갔으면 좋으련만
더러운 놈 치고 좋은 곳에 살아 물난리 걱정 않고
착하고 가난한 사람들 값싼 곳에 집을 지어
장마철만 돌아오면 하늘 쳐다보며 물난리 걱정
하늘도 힘센 놈 편이다

장고개

해마다 찾아오는 보릿고개
여러 식구 굶주림 덜어 보려
참새 걸음으로 장고개 넘으시던 어머니

산판 들판 헤매면서 뜯은 나물
울타리에 매달린 애호박
정성 들여 가꾼 고추 가지
한 푼이라도 돈거리 되면
새벽안개 속으로 장고개 넘으시던 어머니
짧은 가을 햇살이 원망스러워
등잔불에 다듬은 김장거리
허접스런 것은 집에서 먹고 좋은 것만 골라
광주리에 담아 자라목이 되게 머리에 이고
장고개 넘어 샛강 섶다리 지나 금강 나룻배로 건너
이십 리 길 종종걸음 치던 어머니

장날이 아니어도 장고개 넘고 넘어 모아진 주머닛돈
밀린 월사금 내 주며 미안해하던 어머니
땅거미가 내려앉고 달 없는 어두운 밤
호롱불 들고 장고개로 장 마중

광주리 받아 들면 다 팔지 못한 무수 몇 개
땀에 젖은 적삼 벗을 새 없이
허기진 배 찬물에 보리밥 말아 먹던 어머니
장고개 넘던 장꾼들 가난을 메고 떠난 뒤
이름만 남은 장고개에 자동차 넘나든다

장미 가시

눈이 저절로 감기는 아름다움
정신이 몽롱해지는 향기의 유혹
내 것으로 만들려고
손 내밀어 장미를 꺾으려 했다
머리끝까지 정신 번쩍 나는 가시의 경고
꽃보다 붉은 피
나를 지키려면
가시 하나는 품고 살아야 한다는
장미의 가르침

장애자

둘째손가락이 잘린 아픔 잊을 만하니
가운뎃손가락이 잘려 나갔다
손가락 없이도 살아는 가겠지

갈 때는 순서가 없다지만
뭣이 급하다고 서둘러
형보다 먼저 가나

손가락이 잘렸는데
가슴이 아프다
명절날이 되니 더 아프다

전화번호

전화번호를 찾다가
나타나는 이름
나는 잊고 살았는데
아직도 간직하고 있는 전화기
나보다 정이 많은가 보다

전화를 걸을 수 없고
전화가 올 리도 없는
이 세상에 없는 사람
번호를 지우기가 망설여지는
한번 전화를 걸어 보고픈 번호

져 주는 것

지는 것이 이기는 것이라 하지만
진 것은 진 것이고 이긴 것은 이긴 것이다
져 주는 것과 지는 것은 다르다
져 주는 것을 아는 사람에게는 져 주되
져 주는 것을 모르는 사람에게는
절대로 져 줘서는 안 된다
자신이 강해서 이긴 줄 알고
져 준 사람을 얕잡아 본다

주꾸미 낚시

나이 들면 할 일이 별로 없다
젊었을 적 잘하던 주꾸미 낚시도
나이 들면 힘들다
파도에 흔들리는 작은 배에서
허리 팔다리 아프고 가끔 뱃멀미
옆에서 젊은이들은 쉴 새 없이
낚아 올리는데 구경만 한다
젊었을 적 가득 채우던 고기 그릇 무거웠는데
가벼운 고기 그릇 들고 가기는 편하다
나이 들면 주꾸미도 깔본다

지름길

두 주먹 쥐고 울면서 태어나
사립문 금줄 걷고 출발한 인생길
넘어지면 세워 주고 어두운 곳 밝혀 주며
굽은 길 바로잡아 주며 앞서가던 부모님 돌아가시고
혼자 걷기도 고달픈데 뒤따르는 자식들
꽃길
자갈길
곧은 길
굽은 길
어느 길을 가든 지름길은 가지 마라

천사와 악마

걸어가는 사람 발 걸어 넘어뜨리면
악마
넘어진 사람 일으켜 세우면
천사

친구는

좋은 친구 나쁜 친구 구분하지 마라
친구가 나쁘면 너도 나쁘다
그냥 자주 만나고
만나면 자주 웃고
넘어지면 일으켜 주고
싸우고 다시 만나면 친구지
엄마 팔아 친구 산다지만
내가 부족한데 그런 친구 만날까

크고 작고

세상에서 제일 큰 것
사람의 마음
세상에서 제일 작은 것
사람의 마음

파리만도 못한 놈

애당초 잘못을 하지 말아야지
설령 실수했다면
두 번은 하지 말아야지
잘못했으면 싹싹 빌어야지
파리는 잘못을 빌지만
잘못하고도 적반하장 고개 쳐드는 놈
파리만도 못한 놈들 많은 세상
그런 놈들 때려잡는 파리채 없을까

하루살이

단 하루가 일생인 하루살이
하루가 백 년과 다름없어
분주히 일생을 시작하는데
날자마자 거미줄에 걸렸다
하루살이도 못 되고
순간 살이가 되었다
그게 하루살이의 운명이라면
인간 백 년 살아도
덧없이 살아간다면
하루살이와 무엇이 다를까

하숙집

처음으로 부모 곁을 떠나
어머니 아닌 남이 해 준 밥
입맛 들여 가던 하숙집
하숙비가 조금이라도 싼 집
인심 좋은 하숙집 찾아
이불 보따리 둘러메고
몇 번이고 옮겨 보던 하숙집

추억의 그리움으로
더듬더듬 찾아본 하숙집
집은 그냥 흐릿한 옛 모습인데
문패가 달라져 주인을 불러 볼 까닭 없어
꼬불꼬불 골목길 벗어나니
제민천은 세월처럼 흐르고 있었다

한무限無세월

인생은 끝이 있고
세월은 끝이 없지만

내 인생이 끝나면
내 세월도 끝이다

멈추지 않는 한무세월
잠시 머물다 가는 인생

행복 두 개

세상 사람 모두 잠잘 때
잠 못 들어 뒤척이지 않으면
행복이고

많은 사람 모여 웃는데
혼자 눈물지며 괴롭지 않으면
행복이다

허상

남의 잘못은 잘 보여도
자신의 잘못은 보이지 않는 것은
거울에 비친 허상만 보았지
자신의 실상을 보지 못했기 때문이다
어차피 실상을 볼 수 없다면
깨끗이 닦은 거울에 비친
허상이라도 자세히 볼 일이다

현충원

조국을 위해 바친 귀한 목숨
그들이 있었기에 이 나라가 있었다
목숨은 누구든 귀하다
졸병도 장군도 목숨은 하나
살아서 장군은 장군같이 살았고
졸병은 졸병같이 살았는데
죽어서도 졸병 무덤 장교 무덤이 다르면
죽음의 길에 앞장선 졸병 목숨 후회스럽지 않을까
현충원 깊은 밤 구슬픈 소쩍새 울음
줄 서 있는 비석들 고루고루 어루만진다

혼자 피는 꽃

할머니 할아버지가
함께 가꾸던 꽃밭
할머니 먼 길 떠나보내고
할머니 보고 싶어 가꾸던 꽃
할아버지도 떠난 꽃밭
보는 이 없이 피어 있는 꽃
나비와 벌 찾아오고
지나던 바람 한가롭게 쉬어 간다

흔적

먹구름이 하늘을 지나도
물 위에 배가 지나가도
창공을 바람이 스쳐도
아무런 흔적이 없는데

짧은 인생
잠깐 왔다가 가는데
뭘 그리 남기려 버둥대는지
흔적이 많을수록 구설수도 많다

힘

아기는 우는 것이 힘
어렸을 적 몽니가 힘
젊어서는 용기가 힘
중년에는 노력이 힘
늙으면 고집이 힘
아주 늙으면 지는 것이 힘